Merci à Mado pour son aide

Numéro du livre dans la collection :

Textes de Bernard Brunstein

© Bernard Brunstein pour les illustrations - http://peinturedebernard.over-blog.com/

ISBN : 9782322108299

Nouvelle de Bernard Brunstein

Illustrations B Brunstein

Le Mystère Brilanski BB

Assis derrière son bureau, au cinquième étage d'un immeuble du centre ville . John Wattman regardait tomber la pluie en se posant mille questions : comment avait-il pu terminer là, dans cette ville de province du sud-ouest de la France où il ne se passe jamais rien sauf les changements de saison ? Lui, qui était sorti major de son école de journalisme, promis à un brillant avenir, avait accumulé les échecs les uns derrière les autres. Célibataire endurci, alors que dans sa jeunesse, il avait comme un sportif de haut niveau accumulé les succès auprès de la gent féminine. Le reflet dans la glace lui renvoya son image d'aujourd'hui, une calvitie précoce et un embonpoint qui lui faisait oublier ses années sportives.
Le bruit du télex le sortit de ses pensées, il mit quelques minutes pour comprendre qu'il se passait quelques choses,, il lut:
" meurtre du chef du restaurant aux trois canards"

Non s'écria-t-il, Gary ! et dire que je l'ai vu avant hier soir ! Ce chef a plus d'étoiles à son restaurant que la constellation du scorpion. Il fallait faire vite et surtout être le premier pour couvrir l'événement. Il enfila son vieux duffle-coat et sortit avec dans sa tête, malgré le drame, la joie de retrouver son esprit d'antan. Quelques coups de fil importants lui apprirent que le chef Garry Blues avait été retrouvé baignant dans son sang derrière le piano de sa cuisine. Garry Blues était petit, bedonnant ; une fine moustache lui assurait la respectabilité d'un adulte, lui qui paraissait être un gamin. Sa cuisine "BIO" avait révolutionné le monde de la restauration. Sans être un super flic, il était facile d'imaginer qu'il s'était fait plus d'ennemis que d'amis. Tous ces renseignements, John les avait obtenus de son ami l'inspecteur Gad Omalé, Irlandais de souche comme lui. Ce matin, Gad avait la tête dans les nuages. Il faut dire que la veille, il avait fêté la Saint-Patrick à grands coups de whisky au bar du village. En arrivant à son bureau, son adjoint lui fit un nouveau topo de l'affaire pour laquelle on l'avait sorti du lit de si bonne heure. Le temps d'avaler un café sucré et les voilà toutes sirènes hurlantes, roulant vers le restaurant de la victime. Un cordon de sécurité avait été mis en place afin d'empêcher les curieux et les employés de venir souiller la scène du crime. Mais était-ce un crime?

La réponse fut donnée par le légiste qui, après avoir examiné la victime, fut formel: " La victime compte-tenu de sa rigidité est morte entre 1heure et 2 heure du matin." " La mort est la conséquence d'une hémorragie sur le coté droit, provoquée par une blessure au niveau du cou. Blessure occasionnée par une lame du type couteau de cuisine". Et je pourrais vous en dire beaucoup plus après l'avoir examinée en détail"

L'inspecteur Gad connaissait la victime Garry Blues pour avoir souvent mangé dans son établissement, fréquenté par toutes les personnalités de la région. Enquête qui s'annonçait difficile, Gad sentait monter la pression, le commissaire l'avait appelé trois fois, le préfet voulait que cette affaire soit menée rapidement et surtout en évitant les journalistes.

Gad se demanda s'il n'avait pas déjà trop parlé à son ami John Wattman, journaliste de la feuille de chou du village. Un rapide état des lieux montra que la cuisine était propre et bien rangée, pas de trace de lutte. Garry connaissait il sa victime? Il fallut interroger tous les employés du restaurant. Tous avaient un alibi, pour Gad le brouillard s'installait sur cette affaire.

Bien sûr, Garry, avec sa cuisine moléculaire et Bio, s'était fait de nombreux ennemis dans le monde de la restauration. Mais qui et pourquoi? C'est avec toutes ces questions dans la tête qu'il reprit le chemin du commissariat. Dans cette région où tout était figé cet événement devenait l'histoire du siècle. Le légiste confirma ses premières constatations du matin. Gad et son équipe tournaient en rond, la piste de la restauration s'avérait sans lendemain.

C'est l'indiscrétion d'un ami le soir au bar,
-Salut Gad, et ton enquête ça avance? Savais-tu que notre ami John avait rendez-vous avec Gary le soir du meurtre?"
Pour paraître, il lui répondit :
- Oui je savais. Mais dans sa tête cette information lui fit se poser de nouvelles questions.
Il se promit d'élucider ce que faisait John avec Gary. A chaque jour suffit sa peine, en attendant, il dégusta tranquillement sa bière rousse comme il l'aimait. Il rentra chez lui où personne l'attendait depuis son divorce se fit deux œufs au plat et s'évertua à s'intéresser à une émission de téléréalité et, la fatigue aidant il s'endormit sur le canapé.
La sonnerie du téléphone le sortit de sa torpeur ; il était 6h du matin, qui pouvait l'appeler à cette heure ci ? Son adjoint!
- Chef, chef, venez vite, j'ai des nouveaux indices concernant le meurtre.
Gad avala un café sans sucre, enfila sa veste et partit en direction du commissariat.
"J'espère pour toi que les informations que tu as à me donner méritent mon réveil", bougonna-t-il en direction de son adjoint.
OUI chef ! Vous, vous souvenez de ce Mike Léo ? Cette affaire où ce journaliste avait retrouvé une certaine Patty qui avait disparu, emportée dans un miroir ? Bon, dit Gad si je résume, tu m'as fais venir de toute urgence pour me parler d'histoire de revenant,

et tu penses que c'est avec des éléments comme ça que je vais calmer le préfet ?
Ben chef, le commissaire a appelé pour nous dire qu'il fallait avoir des pistes tangibles car le préfet voulait confier l'affaire aux détectives de la société Savage.
Bon, si je comprends bien, le préfet nous adresse un ultimatum !
Gad fit le point de ses idées sur un grand tableau il afficha la photo de Gary de John et de tous les employés. Il se promit d'appeler ce Mike Léo, on ne sait jamais. Contrairement à son ami Denis, il n'écartait pas la piste du surnaturel.
Le lendemain il convoqua John, il devait avoir une explication claire avec lui.
John arriva à l'heure dite.
- Bonjour John comment vas-tu ?
-Bien Gad; pourquoi cette convocation dans tes bureaux ?
-Figure-toi que j'ai appris que la veille du meurtre de Garry, tu avais un rendez-vous avec lui ? Alors j'attends de ta part des explications ! Pourquoi ne m'en as-tu pas parlé ?
-John fut direct :
- Je n'ai rien à te cacher. Garry voulait me confier l'exclusivité d'un reportage sur ses découvertes en cuisine moléculaire. Voilà, c'est tout et je n'ai pas eu le temps de commencer, le drame est arrivé. Je suis comme toi, sans explication.
Gad vérifia l'alibi de John par routine connaissant déjà le résultat.

Cela faisait trois jours que Garry avait été assassiné et Gad se heurtait à un mur d'incompréhension. Devant l'insistance du préfet, il appela Mike Léo, et un rendez-vous fut pris.
Les deux hommes, dés leur premier contact, furent amis, le feeling passa dés la première heure comme si leurs histoires étaient communes. Pourtant tout les opposait : pour Mike une histoire d'amour, pour Gad, un meurtre ; et pourtant planait en filigrane un mystère. Le mystère de l'au-delà du miroir ou le mystère de l'au-delà du piano... qu'avaient-ils en commun si ce n'est leur brillance et que chaque propriétaire demandait qu'ils soient sans reproches, qu'ils soient leur image. Gad écouta sans broncher l'histoire. Quand Mike termina, un silence pesant s'installa dans la pièce. Puis Gad se décida à le rompre.
- Oui, dans votre histoire vous avez trouvé le fil conducteur, la poésie et la musique mais dans l'affaire qui me concerne, je n'ai rien, pas la moindre piste.
- Me permettez vous de vous aider à en trouver une ? lui demanda Mike
- Oui dit Gad avec joie.
- Laissez-moi 48 heures le temps que je reprenne les éléments de l'enquête et surtout que je fasse connaissance avec la victime.

Mike appela son ami Esther, connaissant son sérieux et surtout sa capacité d'analyse pour lui expliquer l'affaire.
Le lendemain Esther appela :
-Bonjour Mike, voila ce que j'ai pu découvrir et apprendre sur Gary Blues. Non seulement il était un grand chef, mais aussi un grand peintre très coté qui signait ses toiles sous les initiales BB. Dernièrement, il y a eu une affaire dans laquelle il fut impliqué, mais non condamné fautes de preuve. Une affaire bizarre où on l'accusait d'avoir signé des œuvres qui n'étaient pas de lui. C'est un arrière petit fils d'un certain Bob Brilanski qui avait porté plainte. Voilà tout ce que j'ai pu trouver sur ton personnage.
-Merci Esther tu es formidable !
Mike se repencha sur toutes les notes qu'il avait amassées sur cette affaire. En les reclassant, il en tira deux questions : Il fallait qu'il s'assure auprès du médecin légiste de la nature de la blessure qui avait entraîné la mort de Garry. Et qu'il vérifie un détail auprès du cadastre de la ville.
Le médecin légiste ne voulut pas lui donner des renseignements sans l'accord de l'inspecteur Gad. Ce qui fut rapidement fait après un coup de téléphone. Le médecin expliqua que la blessure semblait être le résultat d'un coup de couteau mais après analyse au laboratoire, on y a retrouvé des traces de peintures. De plus sa forme ne correspondait pas à une lame de couteau de cuisine. La blessure avait été provoquée par un objet en métal de forme triangulaire.

Mike remercia le médecin et s'en alla en direction de la mairie service du cadastre. Il ne savait pas vraiment ce qu'il cherchait juste une intuition qu'il avait eue après le coup de téléphone d'Esther.
Les premiers registres consultés ne lui apprirent rien. Il retrouva l'emplacement du restaurant et le nom du propriétaire.
Mike demanda à l'employé de la mairie s'il avait des plans beaucoup plus anciens?
- Oui lui répondit-il mais pour cela il faut vous rendre aux archives départementales.
Le soir venait de tomber, Mike rentra à son hôtel en se promettant d'y aller de très bonne heure le lendemain.
Pendant ce temps, Gad faisait patienter le préfet et surtout il évitait de rencontrer John qui ne cessait de lui poser des questions sur l'affaire pour son journal. Gad avait envie de téléphoner à Mike pour savoir s'il avait trouvé quelque chose, mais il se retint, il lui avait donné 48 h, alors il attendrait.
Mike arriva aux archives dès l'ouverture au grand étonnement de l'employé.
- Monsieur, vous désirez ? Je suis à votre service!
Mike demanda :
- Avez-vous des plans cadastraux de 1800 à 1850 ?
- Oui, bien sûr installez-vous là, je vais vous les chercher.
Et quelques instants plus tard, l'employé revint avec plusieurs plans jaunis par le temps.

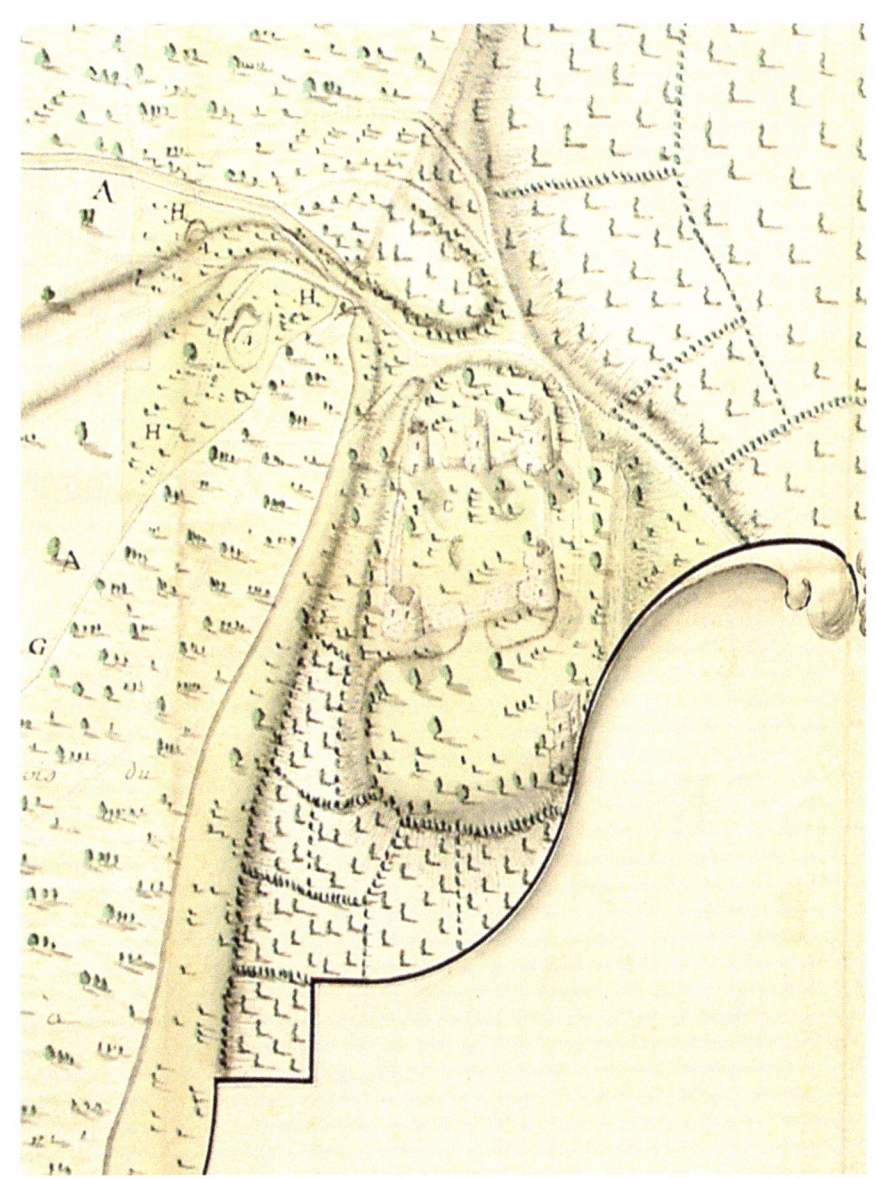

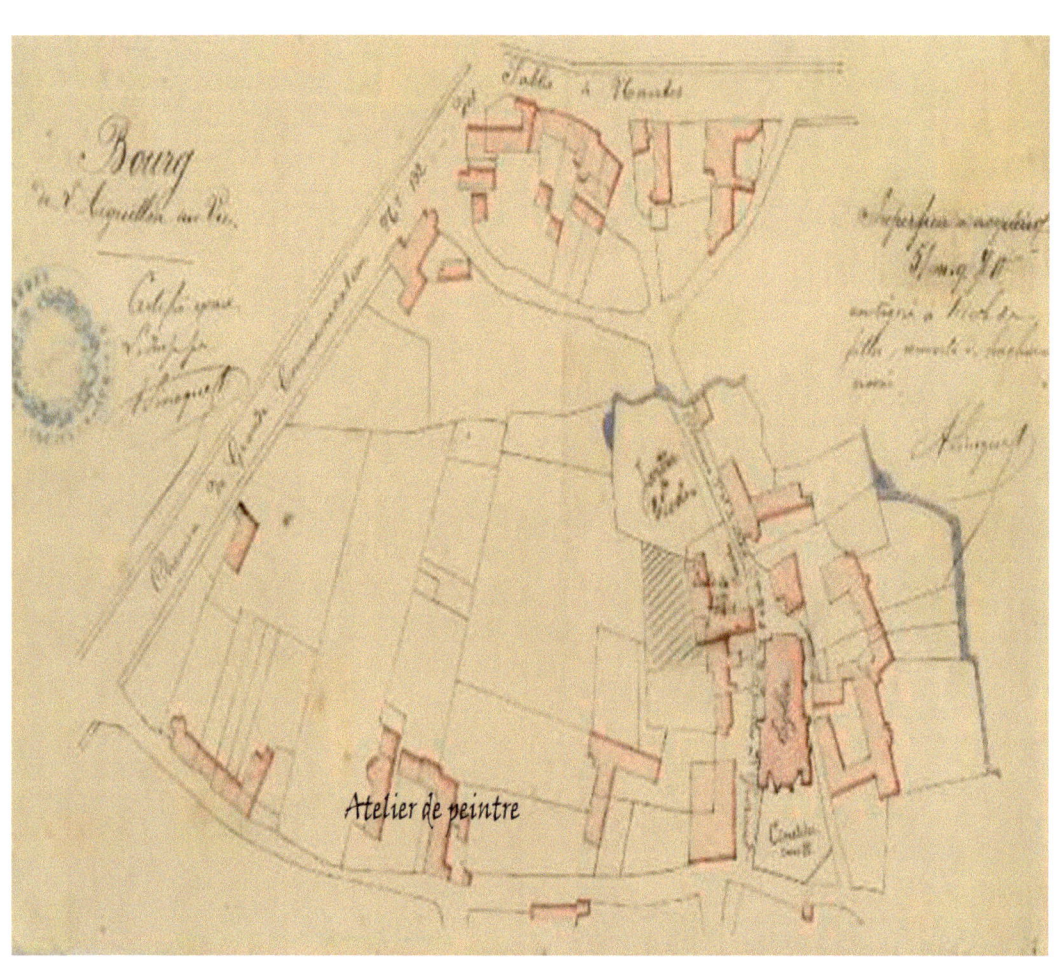

Il précisa à Mike de les manipuler avec précaution car, dit-il d'un air amusé, ceux sont des personnes âgées.
C'est ainsi que Mike remonta le temps, jusqu'en 1820 et là devant ses yeux, il lut que sur l'emplacement de l'actuel restaurant " Atelier de Peintre" le nom du propriétaire ne correspondait pas au nom évoqué par Esther, il pouvait être locataire. Il demanda une copie à l'employé qui se précipita pour la lui faire content d'avoir eu un client.
Mike retourna dans son hôtel afin de faire le point sur son enquête. Le téléphone sonna, c'était Esther.
- Bonjour Mike, j'ai continué à chercher pour ton affaire et en particulier sur le peintre Brilanski polonais d'origine, qui fut un post impressionniste très coté à son époque. Il est mort en 1845 et au sujet de sa mort, je suis tombée sur un article d'un journal de cette année. Je te résume vite fait l'article que je t'envoie par mail. A sa mort la famille n'a plus trouvé un seul de ses tableaux, alors qu'il était très prolifique, il peignait en moyenne un tableau par jour. Envolé, plus rien, l'atelier était vide. Avait-il brulé ses œuvres ? L'enquête, faute de pistes, fut classée, au grand désespoir de la famille et c'est comme ca qu'est né le mystère Brilanski. Voilà, en résumé, tu trouveras tous les détails dans l'article.
Mike remercia Esther pour ce travail.

Il fit un rapide topo de ce qu'il avait trouvé ainsi que le bilan de ses intuitions avant d'aller retrouver Gad au commissariat. Il le trouva en grande discussion avec John le journaliste. Quand il rentra dans le bureau, ils se tournèrent vers lui en poussant un Alors ! qui en disait long sur leurs attentes qu'ils avaient mis en lui. Gad demanda à John de partir en lui promettant qu'il serait informé en temps voulu des résultats de cette enquête.

Alors ? dit Gad à Mike après avoir fermé son bureau. Tout d'abord, les faits réels : la victime est bien morte des suites de sa blessure provoquée par un objet en métal de forme triangulaire et non par un couteau de cuisine.

Ensuite, savais-tu que Gary peignait et que ses tableaux se vendaient très cher ?

Gad fit non de la tête.

D'ailleurs, à ce sujet, il avait été esté en justice par un certain Paul pour avoir usurpé et volé, d'après ses dires, les tableaux de son arrière-grand-père. L'affaire n'a pas eu de suite faute de preuve. Maintenant je vais te parler de mes intuitions. J'ai écarté la piste cuisine car ça n'avait aucun sens que l'on puisse tuer pour une affaire de bio et encore moins pour des histoires de molécule. Alors je suis parti sur le côté peintre de notre personnage et je voudrais, avec toi vérifier certaines hypothèses. Le restaurant a été construit sur un ancien atelier de peintre qui lui même avait été sur les ruines d'une ancienne abbaye cistercienne.

Gad ne voyait pas ou Mike voulait en venir dans ce rappel historique de l'urbanisme des lieux.
-As-tu fais une perquisition dans le restaurant de Garry?
- Ben non répondit Gad l'affaire avait l'air tellement évidente un crime d'un rôdeur.
- Alors je te demande une dérogation. Retournons au restaurant, la solution est là-bas. Fouillons au delà du piano; parfois il faut chercher au-delà des mots et la musique a des couleurs.
Le lendemain, le restaurant fut cerné par un cordon de police. John, prévenu on ne sait pas comment et par qui, était là, prêt à écrire la moindre information.
Mike demanda à être seul, il rentra dans l'établissement vide et il s'assit comme aurait fait Garry face au piano qui, sous la lumière étincelait de mille feux.
Pour Mike, il ne faisait aucun doute que le piano était le centre de ce navire, il était la clé de l'énigme.
Mike resta longtemps seul sans pour cela trouver la moindre piste rien ne venait éclairer cette sombre histoire et pourtant il savait que c'était là.
Gad vint le sortir de cette méditation en lui disant :
- Viens je pense que pour aujourd'hui tu en a assez fais , on reviendra demain et, comme j'aime à dire, à chaque jour suffit sa peine.
- Tu as raison , répondit Mike mais je suis sûr de moi, mon intuition ne m'a jamais trompé, demain va m'apporter la solution enfin j'espère.

Gad invita John et Mike au bar du village pour souffler ensemble et oublier le stress de cette affaire autour d'une bonne bière Rousse.
Le lendemain matin, dès la première heure, Mike était sur place. Il voulait s'imprégner de l'odeur, des bruits, des couleurs des... tout ce que le monde des vivants oublie.
Gad le retrouva assis par terre dans cette cuisine qui, il n'y a pas si longtemps, était le poste de ce navire naviguant toutes voiles dehors, sous le commandement de Garry.
Mike commençait à désespérer quand sous le reflet d'un rayon de soleil, il vit. Le piano brillait de mille feux sauf l'angle droit ; en effet tout sur ce piano était électrique, l'ensemble des plaques, le micro onde, la hotte, sauf un élément, juste un feu au gaz. En regardant de plus près, Mike constata une usure du bouton de commande. Et il s'écria :
- Bon sang, là est la solution.
Mike appela Gad :
- Viens je crois que j'ai trouvé
Gad dit : Quoi ?
Mike se leva et tourna le bouton, rien ne se passa.
Et quoi, dit Gad en rigolant, ce n'est pas un coffre fort - Attends
Mike examina de plus près les marques sur le bouton et il fit un tour à gauche, un tour à droite. Rien le bouton semblait tourner dans le vide. Il allait abandonner cette piste quand en tirant le bouton vers lui il sentit comme ci il venait d'enclencher un cran.

J'y suis, pensa t-il le bouton agit comme pour un coffre-fort. Il fallait maintenant trouver la bonne combinaison.
-Garry a dû compliquer la chose, pensa t-il ou alors, tellement sûr de lui, que la solution est simple.
- Dis moi Gad, quelle est la date de naissance de Garry
- Je crois que c'est le 13 Avril1969
Mike se mit alors à faire faire des tours à droite des tours à gauche en suivant cette formule 1341969. Au bout de cette minutieuse manipulation, il entendit un clac ; la serrure venait de s'ouvrir. Devant Gad et Mike médusés, le piano se mit à tourner sur lui-même, laissant apparaître un escalier qui s'enfonçait dans le sous sol de la cuisine.
Vestige de l'ancienne abbaye, Pensa Mike.
Gad dit à Mike:
- Vas-y, c'est toi le journaliste.
- Ha bon, et toi le policier non, lol.
Ensemble il s'aventurèrent vers ce monde inconnu. Les escaliers semblaient avoir été utilisés récemment. Mike pouvait remarquer sous le feu de sa lampe que les marches étaient sans poussière. Ils débouchèrent dans une grande salle voûtée, comme on peut en voir dans les abbayes. Mais il faisait sombre ; avec sa lampe, il fit un rapide tour d'horizon pour découvrir sur le mur le commutateur électrique, un vieux interrupteur en porcelaine qu'il actionna dans un bruit sec.

Un éclairage ultra moderne illumina une succession de pièces. Des tableaux sur tous les murs… Ils avançaient en silence dans ce musée enterré. Certains tableaux étaient là, sur le sol, posés les uns contre les autres, couverts de poussière, manteau de protection que le temps avait doucement déposé. Ils ne purent dire combien il y en avait, mais Mike savait qu'il venait de découvrir le mystère Brilanski, il avait devant les yeux une fortune que Garry avait détournée à son profit. Forts de leur découverte, Mike et Gad remontèrent, en prenant la précaution d'éteindre ce sanctuaire de la peinture. A peine avaient ils mis les pieds dans la cuisine que le piano reprit sa place en silence, masquant le passage et ne laissant aucun indice pouvant le laisser imaginer.
Merci Mike dit Gad. Sans toi, je n'aurais jamais pu éclaircir cette affaire. Viens allons au bar nous remettre de nos émotions autour d'une "blonde".
 Assis confortablement devant leur bière les deux amis réfléchissaient
- Il reste à découvrir le coupable. Nous, nous connaissons le mobile, lui il ne sait pas que nous savons.

Les jours passèrent, Gad avait rassuré le préfet sur l'imminence de la résolution de cette affaire, Il donna quelques informations à John pour alimenter son journal et, avec Mike ils continuèrent leur enquête. Qui, il faut le dire se heurtait à une question : qui était l'arrière-petit-fils, seul coupable potentiel avec, de plus un mobile.

Même les minutes du tribunal ne leur apportèrent rien. Si, une adresse du côté de New York, il demanda à Gad de voir avec la police de New York s'il pouvait le convoquer pour interrogatoire.

48 h passèrent et enfin un télex : Police de New York : Le dénommé Paul Brilanski n'habite plus à l'adresse indiquée et d'après la concierge, est parti sans laisser d'adresse.

Un vent de découragement souffla un instant dans le commissariat.

Mike dit à Gad

-Je vais téléphoner à Esther pour lui demander quelques renseignements supplémentaires, on ne sait jamais.

Ainsi fut fait, et Esther, à la demande de Mike fit une enquête approfondie sur Paul Brianski : elle lui envoya un mail le lendemain sur lequel on pouvait lire:

Paul Brilanski né le 27 avril 1977 fils de Gérard Brilanski et de Paulette Rocca
Gérard Brilanski né le 11 novembre 1950 fils de Eugene Brilanski et Françoise Joly
Eugene Brilanski né le 18 avril 1916 fils de Michael Brilanski et de Françoise Viale
Michael Brilanski né le 8 octobre 1820 fils de Bob Brilansky et de Marie Angevin

Voilà ce que j'ai pu trouver et déchiffrer dans les archives départementales.
Mike lut à haute voix à Gad le texte du mail.
- Attends, dit Gad, il me semble que j'ai déjà lu un de ces noms quelque part.
Oui, voilà, regarde sur la liste du personnel, là tu vois Paul Angevin ? Et si ce Paul Angevin employé du restaurant, était celui que l'on cherchait ? Celui qui avait attaqué en justice, Garry. Et peut être notre homme, notre coupable.

- Je le fais convoquer dès demain, nous avons un tour d'avance, nous on sait, mais lui ne sait pas.

Paul arriva au commissariat à l'heure dite. Le personnage était discret et d'après ses collègues de travail un bon camarade. Paul fut accompagné dans une salle, Mike et Gad le regardaient à travers une glace sans tain. Il semblait tranquille, aucun signe d'inquiétude. Après une heure Mike et Gad décidèrent d'aller l'interroger.
Paul demanda la raison de cette convocation ; qu'avait il fait ?
Quand Mike lui demanda connaissait vous le peintre Brilanski ? Paul blanchit légèrement et bredouilla
- Non! Pourquoi devrais je le connaître, quel rapport avec l'objet de ma présence dans vos bureaux ?
-Est-ce que les noms Rocca, Joly, Viale vous évoquent quelque chose ?
Un léger vent de panique passa dans les yeux de Paul, pourtant il continua à dire Non !
Gad qui était resté silencieux et qui admirait le calme de Mike, tapa du plat de la main sur la table en disant:
- Monsieur Paul ANGEVIN nous allons vous laisser une heure, pour que vous retrouviez votre mémoire en souvenir de Marie Angevin.

Mike et Gad quittèrent la pièce, laissant Paul qui la tête dans ses mains semblait pleurer.
Quand ils revinrent, Paul semblait avoir baissé sa garde.
- Oui je connais, le peintre Brilanski c'était mon arrière-grand-père, dit-il, la tête toujours dans ses mains. Mon nom est Paul Brilanski.
- Oui je me suis fait engager au restaurant car, malgré le jugement, je pressentais que Garry Blues était un escroc et qu'il utilisait les tableaux de mon arrière grand père pour s'enrichir en faisant croire que c'était lui le peintre.
- Un soir que tout le monde était parti, je suis resté caché dans l'atelier et c'est là que je l'ai vu et que j'ai compris où se trouvait la cache. J'ai attendu et, au bout d'un instant, il est sorti, un tableau sous le bras. Il allait se dirigeait vers l'atelier qui jouxte la cuisine, quand je me suis présenté devant lui en le traitant de voleur et que j'allais tout dire à la police. Il a voulu me frapper, avec le tableau ; j'ai pris le premier objet qui se trouvait à ma portée, un couteau de peintre, et je l'ai frappé. Je me suis enfui en emportant le tableau et c'est seulement le lendemain que j'ai appris que Garry était mort et que mon coup avait sectionné l'artère du cou. Voilà, mais je n'ai jamais voulu le tuer, je voulais seulement qu'il rende les tableaux à ma famille et que mon arrière grand père soit honoré comme un très grand peintre.

Paul fut incarcéré, le jour même.
Mike et Gad furent félicités par le préfet, mais cette reconnaissance avait un goût amer. John fit la « Une » de son journal avec ce titre Garry Blues l'imposteur!
Paul fut condamné à cinq ans de prison pour coup et blessure ayant entrainé la mort sans intention de la donner.
Cinq ans sont passés, à la place du restaurant s'élève un musée, le "Musée Brilanski", créé à l'initiative de Mike et de Gad qui, à travers une association temporaire, ont voulu préserver l'héritage de Paul.
Le mystère Brilanski venait de s'éteindre pour la plus grande joie des visiteurs. Paul en devint le directeur et le guide pour parler des œuvres de son arrière-grand-père. Mike s'empressa de retrouver sa Patty, Gad fut promu commissaire et John retourna à la fenêtre pour regarder tomber la pluie en se posant mille questions.

Du Même Auteur: Histoires

Poésies

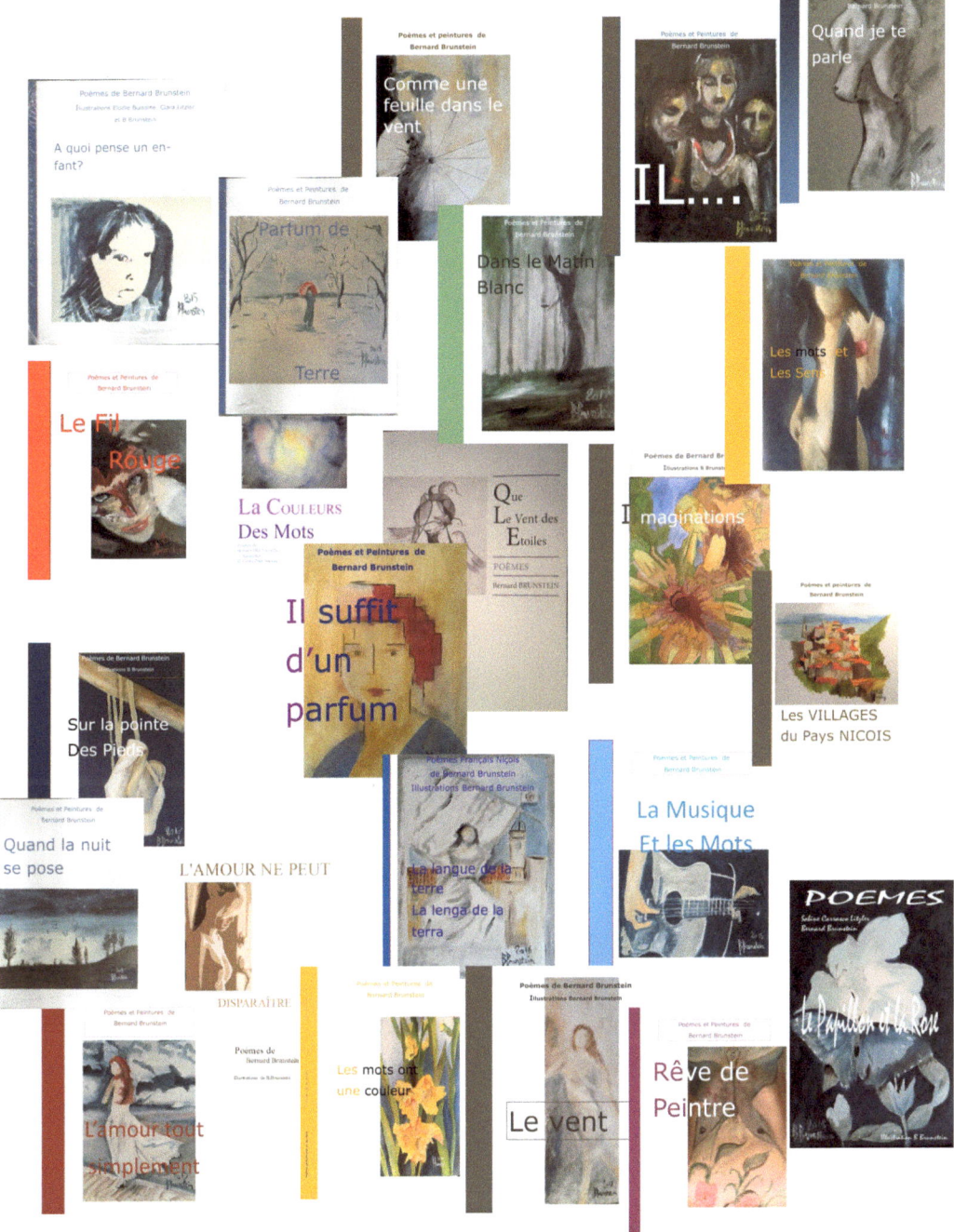

Editeur : BoD-Books on Demand, 12/14 rond point des Champs Élysées, 75008 Paris, France
Impression : BoD-Books on Demand, Norderstedt, Allemagne
ISBN : 9782322108299
Dépôt légal : janvier 2019